DÉSIGNATION

DES ESTAMPES

1 **Anonyme.** Très-petits sujets mythologiques. 24 p.

2 — Portraits des Ducs de Bavière et autres, 5 p.

3 — Portrait de Jean Racine. Petit fo., marge.

4 — Scènes maritimes, Combat naval. 2 p. avant la lettre.

5 — Apollon remettant la conduite du char du Soleil à son Fils, avant toutes lettres.

6 **André**, d'ap. Le Brun. Triomphe de Cybèle, et de Neptune; voûtes. — 2 p.

7 **Aquila**, d'ap. P. de Cortonne. Bataille d'Alexandre et Darius, en 2 feuilles.

8 **Audran**, d'ap. P. de Cortonne. La Galerie Panfile. 13 p.

9 **Aveline**, d'ap. Vischer. La Folie. Belle ép., marge.

10 **Baillie**, d'ap. Rembrandt. Le Peseur d'Or. Très-belle ép. chine.

11 **Bakhuizen** (L.). Marines, B. 3, 4, 7, 8, 10 et titre. 6 p. Très-belles ép.

12 **Baquoy**, d'ap. J. Steen. Le Contrat de Mariage. — Le Mardi-Gras, par Surugue. 2 p. Très-belles ép., marge.

13 **Baron**, d'ap. Hogarth. Portrait du Révérend père en Dieu. Benj. Hoadly, marge.

14 **Bary**, d'ap. Van Dyck. Groupe de deux Enfants, le Printemps et l'Automne. Très-belle ép.

15 **Basan**, d'ap. Ostade. Les Bons Voisins. Sup. ép., marge.

16 — d'ap. Terburg. Le Médecin Hollandais et autre. 2 p.

17 **Baudouins**, d'ap. Vander Meulen. Paysages, 4 p. Très-belles ép.

18 **Bauer** (J.-W.). Combats de cavalerie. 6 p.

19 **Beauvarlet**, d'ap. Drouais. Le Comte d'Artois et sa Sœur sur une chèvre. Superbe ép., grande marge.

20 — Les Enfans du duc de Choiseul jouant avec un carlin. Sup. ép.

21 — D'ap. Vanloo. Lecture et Conversation espagnoles. 2 p. Sup. ép., toute marge.

22 — L'Éplucheuse de Salade, d'ap. Jeaurat.

23 — Les Savoyardes, d'ap. Jeaurat. Superbe ép., marge.

24 — L'Abbé Nollet, d'ap. de La Tour. Sup. ép., marge.

25 **Bella** (Stef. della). Et pace et bello. 6 p.

26 — Métamorphoses d'Ovide. 48 petites p.

27 **Bisschop**, d'ap. V. Vliet, Rembrandt, etc. 7 p.

28 **Bloemaert**. Suite de 15 paysages. Très-belles ép.

29 — Saint Jean prêchant et autre. 2 p.

30 — Saint Jean prêchant.

31 **Blois** (A. de). Les Cinq Sens. 5 p.

32 **Blootl** g (A.). d'ap. Lairesse. Allégorie. Le Commerce fermant le Temple de Janus, pendant que l'on combat les Harpies. Belle manière noire.

33 — Portrait de F. Mieris, peintre. Très-belle ép.

34 — L'Age d'Or et autre, par Lairesse. 2 p.

35 **Boilly**. Jolies vignettes. 11 p. sur 10 feuilles.

36 **Bonnet**, d'ap. Leprince. La Rose choisie. — L'Épagneul favori. 2 charmantes pièces de costumes rehaussés de couleur.

37 — Les Plaisirs bachiques, d'ap. Carême. Gravés en couleur.

38 **Borel** (d'ap.). Le Charlatan. Riche et belle com-composition gravée en couleur, par L'Éveillée.

39 **Bosse** (d'ap. Ab.). L'Adolescence, l'Age viril, la Vieillesse. 3 p.

40 **Boucher** (d'ap.). La belle Cuisinière, par Aveline. Sup. ép., marge.

41 — Groupes d'Amours et d'Enfants, par Aveline. 4 p. Sup. ép., marge.

42 — Les Éléments, etc. Groupes d'Amours, par Larue. 5 p.

43 — Deux Nymphes et deux Amours. Jolie pièce gravée en couleur, ovale.

44 — Mère montrant à lire à ses enfants. Jolie p.

45 **Boulanger** (J.). Portrait de François-Isidore de Haynin. Belle ép. avec marge.

46 **Bourdon** (S.). Les Œuvres de Miséricorde. Sup. ép. 1er état avec adresse : faubourg Saint-Antoine.

47 — Vêtir les Nuds et le Sacrifice de Polyxène aux mânes d'Achille, d'ap. Cortone. 2 p.

48 **Brussel** (H.-V.). Son œuvre de paysages à l'eau-
forte, avec son portrait. 16 p.

49 **Bulthuis.** Vaches et Brebis, avec différences.
4 p. à l'eau-forte.

50 **Buys** (J.). Intérieur avec deux fig., effet de lumière, fac-simille, d'ap. Rembrandt.

51 **Bye** (M. de). Bœufs et Vaches. 8 p.

52 — Les Ours, la Suite, B. 61 à 76. — 16 p., marge.

53 **Charpentier** (Le), d'ap. Sal. Rosa. Le Mont
Vésuve. Sup. ép.

54 — Décoration aux galeries du Louvre, pour la
naissance du duc de Bourgogne, d'après Girardon.

55 **Chastenu**, d'ap. Carrache. Martyre de Saint
Étienne. Belle ép., marge.

56 **Châtelain**, d'ap. G. Poussin. Paysages. 7 p.

57 **Chereau** (F.), d'ap. Tournière. Portrait de Louis
Pécourt, directeur des ballets. Sup. ép., marge.

58 **Chevillet**, d'ap. Drouais. Portrait de Buffon. .
Sup. ép., toute marge.

59 **Choffard**. 1766. Vue de la ville d'Orléans, d'ap.
Desfriches. Grande et très-belle ép., marge.

60 **Claessens**, d'ap. J. Steen. Le Maître d'École,
avant l. l., marge.

61 **Cootwyk**. Fac-simile de dessins, d'ap. différents
maîtres. Paysages, Animaux, etc. 10 p. en bistre
et à la sanguine.

62 **Coypel** (d'ap.). Satyre surprenant une Nymphe
endormie qu'un Amour est prêt à percer d'une
flèche.

63 **Daullé**, d'ap. Dietricy. Caïn et Abel. Sup. ép.,
toute marge.

64 — La Peleuse de pommes, d'ap. Metzu.

65 — La Riboteuse hollandaise. Sup. épr., toute marge.

66 — D'ap. Aved. J. B. Rousseau. Très-belle ép., marge.

67 **Demarteau.** Sainte Thérèse. — Saint Jean de la Croix. 2 grandes pièces en couleur.

68 **Descourtis**, d'ap. Taunay. La Foire et la Noce de village. 2 charmantes compositions gravées en couleur. Sup. ép., grandes marges.

69 **Desplaces**, d'après Largillière. Portrait de Mlle Duclos, actrice. Belle ép.

70 — D'ap. Jouvenet. Andromaque défendant Astyanax. Très-belle ép.

71 **Drevet**, d'ap. Largillière. Port. d'Hélène Lambert, dame de Motteville. Très-belle ép.

72 — D'ap. Rigaud. Ph.-Louis, comte de Sinzendorf. Très-belle ép.

73 — Marie Cadesne, femme Desjardin. — Bertin. 2 port. d'ap. Rigaud.

74 **Du Bose** (C.). Le Concert de musique.

75 **Duflos**, d'ap. Jeaurat. Déménagement d'un Peintre. Sup. ép., marge.

76 **Duménil** (d'ap.). La Dame de Charité. Sup. ép., grande marge.

77 **Dupuis**, d'ap. Vanloo. Mariage de la Vierge. Sup. ép., marge.

78 **Edelinck**. Ch. Colbert, marquis de Croissy, d'ap. Rigaud. Sup. ép., marge.

79 — F. Tortebat, peintre, d'ap. de Pille.

80 — Nicolas Malebranche. Sup. ép., marge.

81 **Eisen** (d'ap.). L'École flamande de filles. — L'École hollandaise de garçons. 2 p., par Ouvrier. Sup. ép., grandes marges.

82 **Falck**. Le Musicos. Scène de militaires et demoiselles qui boivent. Pièce rare.

83 **Ferdinand**. Les Vertus innocentes, Sujets d'enfants. 9 p. avant les n^{os}.

84 **Fessard**, d'ap. Vanloo. L'Architecture, la Peinture, la Sculpture, la Musique. 4 p. rares. Sup. ép., grandes marges.

85 **Freudeberg** (d'ap.). L'Horoscope accompli.

86 **Frey** (J. de). Paysage, d'ap. Rembrandt, Tête, d'ap. Liévens, Bréderode. 3 p.

87 — L'Architecte de la marine et sa Femme. Sup. ép.

88 **Giffart**. Portrait de A. Perrier. Très-belle ép., grande marge.

89 **Granville**, d'ap. G. Poussin, Paysages ronds. 2 p.

90 **Greuze** (d'ap.). La jolie Savonneuse, par Danzel. Très-belle ép., marge.

91 — La Laitière, gravée par Levasseur. Sup. ép. d'une belle p. rare, marge.

92 — L'Enfant gâté, par Maleuvre.

93 — Ne l'éveille pas, par Cars et Jardinier.

94 **Hecke** (P.-V.). Chiens, B. 9, 10. — 2 p.

95 **Heudelot**, d'ap. J. Steen, son portrait et celui de sa femme, Marguerite de Gojen. 2 p. Sup. ép., marge.

96 **Hollar** (W.). Diverses tempêtes. 5 p.

97 — Fig. grotesques, d'ap. L. de Vinci. 13 p.

98 **Hooghe** (R. de). Mardi-gras de coq-à-l'âne.

99 — Paye qui tombe.

100 — L'Épiphane du nouvel antéchrist, 1689.

101 — Monarches tombants.

102 — Arlequin sur l'hippogriphe à la croisade.

103 — Arlequin Deodat et Panurge.

104 — L'Europe allarmée pour le fils d'un meunier.

105 — Désolation de l'inventaire.

106 — Laboratoire de ce temps.

PIÈCES SATIRIQUES ET CURIEUSES SUR CETTE ÉPOQUE.—RARES.

107 **Huchtenbury**. Les Pilleurs, B. 1. Belle ép.

108 **Ingouf** jeune. Canadiens au tombeau de leur enfant. Sup. ép.

109 **Janinet**, d'ap. Robert. Colonnade et jardins du palais de Médicis. — Restes du palais de Jules. 2 p. gravées en couleur.

110 — Ruines d'architecture romaine. 2 p. gravées en couleur.

111 **Jeaurat** (E.). Entrevue de Louis XIV et de Philippe IV, roi d'Espagne. Sup. ép., marge.

112 — Mariage de Louis XIV. Sup. ép., marge. Ces deux pièces sont d'ap. Lebrun.

113 — Triomphe de Mardochée, d'ap. S. Le Clerc. Sup. ép., grande marge.

114 — Enlèvement d'Europe, d'ap. S. Le Clerc. Sup. ép., grande marge.

115 — d'ap. Vleughels. David et Abigaïl. Belle ép.

116 — d'ap. Pesne. Portrait de Vleughels, peintre. Belle ép.

117 Jeaurat (d'ap.). La place des Halles. — La place Maubert. 2 très-belles p., par Aliamet.

118 — Le Carnaval des rues de Paris, par Le Vasseur. Très-belle ép., toute marge.

119 — Le Transport des filles de joie à l'hôpital, par Le Vasseur. Très-belle ép., toute marge.

120 Jorma (T.), d'ap. Claude Lorrain. Vue maritime. Très-belle ép.

121 Knapton. d'ap. Parmesan et autres. 5 fac-simile.

122 Kobell (H.), junior. 1768. Ferme près d'une rivière navigable. Belle eau-forte. Rare.

123 — Eglise avec une jatée pour débarquer les marchandises. Belle eau-forte. Rare.

124 Kobell (J.). Suite d'animaux. 4 p.

125 Lancret (d'ap.). Le Printemps. — L'Été. Sup. ép., grande marge.

126 — L'Automne. — L'Hiver. 2 p. Sup. ép.

127 — L'Été en travers. Sup. ép., grande marge.

128 Landry. 1663. Florimond Brûlard de Genlis, d'ap. Gribelin. Sup. ép. d'un beau portrait.

129 Larmessin. Louis XV à cheval, d'ap. Vanloo. Sup. ép.

130 — Catherine Opalinska, reine de Pologne, d'ap. Vanloo. Sup. ép., marge.

131 — Stanislas Ier, roi de Pologne, d'ap. Vanloo. Sup. ép., marge.

132 — Adolphe de Vignacourt, grand-maître de Malte, d'ap. Caravage. Très-belle ép., marge .

133 **Le Bas**, d'ap. Drouais. Portrait de Robert le Lorrain, sculpteur. Très-belle ép.

134 — L'École du bon goût. — Le Roy boit, par Surugue. 2 p., d'ap. Téniers.

135 **Lépicié**, d'ap. Aved. Port. de Cath. de Seine, dame Dufrène, actrice. Très-belle ép.

136 — d'ap. Vanloo. Bacha faisant peindre sa maîtresse. Sup. ép., marge.

137 **Le Vasseur**, d'ap. Kraus. La Gayeté sans embarras. Très-belle ép., grande marge,

138 — d'ap. Kraus. La Chaufferette. Superbe ép., marge.

139 **Maleuvre**, d'ap. Dietricy. Le Satyre et le Paysan. Sup. ép., toute marge.

140 **Martinet** (Angel.), d'ap. de Wit. Les Vanités du monde. Joli sujet d'enfants.

141 **Matham**, d'ap. Longepier. Marchand de légumes. B. 167. Belle ép.

142 — d'ap. Zuccaro. Jésus-Christ ressuscitant le fils de Naïm. B. 233. Très-belle ép.

143 — Les Vertus. B. 123 à 131. 7 p.

144 **Melini**, d'ap. Drouais. Les Enfants du roi de Sardaigne jouant avec une marmotte. Sup. ép.

145 **Menil**, d'ap. Miéris. La Double tentation. Sup. ép , toute marge.

146 **Meulen** (V. der). Combats de cavaliers. 4 p., grandes marges.

147 **Moreau** le jeune, d'ap. Baudouin. Le Coucher de la mariée. Très-belle ép., toute marge. Charmante pièce d'intérieur Louis XV.

148 **Moreau** le jeune (d'ap.) Monument du costume physique et moral de la fin du xviiie siècle, ou Tableau de la vie. Ce beau recueil, curieux pour les costumes, est à toute marge, avec son texte publié en 1789. Carton.

149 **Morin**, d'après Ph. de Champagne. Port de Louis XIII. R. D. 64. Très-belle ép.

150 **Nanteuil** (R.). Portrait du cardinal Barberin. R. D. 29, 1er état. Belle ép., grande marge.

151 — A. Barrillon de Morengis. R. D. 31. Très-belle ép.

152 — P.-E. de Beaumanoir de Lavardin, évêque du Mans. R. D. 34. 1er état. Grande marge.

153 — Gilles Boileau, greffier, père de Boileau-Despréaux. R. D. 43. Sup. ép. avant les vers dans la tablette.

154 — Victor Le Bouthillier, archev. de Tours. R. D. 55. 1er état. Sup ép.

155 **Nattier** (d'ap.) Madame de*** en Flore. Sup. ép., grande marge.

156 **Nothnagel**. L'Ange délivrant saint Pierre. Trois têtes d'homme. 4 p. Sup. ép.

157 **Os** (P.-G. Van), d'ap. P. Potter. Ecurie avec deux chevaux.

158 — Béliers, brebis, chèvres. 5 p. Ép., papier de Chine.

159 **Pascalini** (J.-B.). Résurrection de Lazare, d'ap. Guerchin. Belle é.

160 **Pater** (d'ap.). L'Orchestre de village, par Ravenet. Très-belle ép., grande marge.

161 — Marche comique, par Ravenet. Très-belle ép., marge.

162 **Perelle**. Vues de Paris, diverses. 5 p.

163 — Vues de Paris, places, portes, fontaines, etc. 20 p., grandes marges.

164 — Châteaux des environs et autres. 38 p.

165 — Chantilly, 26; Fontainebleau, 7; Richelieu, 6; en tout 31 p., grandes marges.

166 — Marly, Versailles, et Italie. 40 p.

167 **Petit**, d'ap. Vanloo. Louis XV en pied.

168 — J.-F. Phélypeaux, comte de Maurepas. Très-belle ép., toute marge.

169 **Philips**. 1735. Auguste III, roi de Pologne, Bergerus, Mancke, Mylius, Potocki, Wernher. 6 port. polonais.

170 **Picart** (B.). La Fortune des actions, pièce curieuse sur le système de Law. Épreuve, grande marge.

171 **Pillement** (d'ap.), etc. L'Été, l'Hiver et environs de Dresde, par Née. 3 p. Très-belles.

Ploos van Amstel. Sup. fac-simile, d'après :

172 — *Bega*. Intérieur. Femme près d'un berceau.

173 — *Berghem*. Femme qui attend le bac.

174 — *Bloemaert*. Vierge et Jésus dans des roses.

175 — *Brouwer*. Intérieur de tabagie.

176 — *Everdingen*. Intérieur de village.

177 — *Flinck*. Portrait d'homme; titre. 2 p.

178 — *Goltzius*. Portrait de Marie Tesselchade.

179 — *Lucas de Leyde*. Jugement de Salomon.

180 — *Rembrandt*. L'Homme regardant par la porte.

181 — — La Femme qui regarde par la porte.

182 — *Saenredam*. Le Charcutier.

183 — — Intérieur d'église protestante.

184 — *Visscher*. Portrait d'un seigneur.

185 — *Thomas Wyk*. Paysage avec fabriques.

186 — *Zaftleven*. Vues près du Rhin. 2 p.

187 **Poilly**, d'ap. Mignard, portrait de J.-B. Colbert, soutenu par le temps.

188 **Potter** (P.). Différents bœufs et vaches. B. 1 à 8. 8 p., avec marges.

189 **Preisler**, d'ap. Rigaud. Le Cardinal de Bullion. Sup. ép.

190 **Quinkhard**, d'ap. Metzu. La Marchande de harengs, sans titre. Belle eau-forte.

191 **Ravenet**. Les Fruits de l'hymen, d'ap. Pillement. Sup. ép., toute marge.

192 **Redouté** (d'ap.). Fleurs et plantes coloriées. 18 p.

193 **Rossettus**, d'ap. Tintoret. Ambassade de Venise présentée à Barberousse.

194 **Sadeler** (E.), d'ap. P. Bril. Paysages. 8 p.

195 **Saenredam**. Parabole des Vierges sages et folles. B. 2 à 6. 4 p. Belles ép.

196 — Allégorie des conquêtes du prince de Nassau sur les Espagnols. B. 10. Pièce curieuse.

197 — L'énorme baleine sur les côtes de Beuervic, avec la présence du comte Ernest de Nassau, etc. Pièce très curieuse. 1602.

198 — Le Bain de Diane et Calisto. B. 52. Rare.

199 **Saint-Aubin**. Crébillon, Diderot et Marmontel. 3 beaux port.

200 **Saint-Aubin** (d'ap. Aug. de). La Promenade des remparts de Paris. Magnifique ép., toute marge.

201 — Tableau des portraits à la mode. Magnifique ép., toute marge.

202 **Savery**, d'ap. Rembrandt. Le bon Samaritain.

203 **Schenau** (d'ap.). Les Intrigues amoureuses. Très-belle ép., marge.

204 — La Crédulité sans réflexion. Très-belle ép., marg.

205 — La Lanterne magique. — Les Portraits à la mode. 2 p., par Ouvrier. Sup. ép., grandes marges.

206 **Schmidt** (G.-F.), d'ap. Rigaud. Portrait de J.-B. Silvain, médecin du roi. J. 52. Sup. ép.

207 — David Splitgerber. J. 87.

208 — Tête de vieux militaire. J. 116.

209 — Son portrait, dessinant l'araignée à la fenêtre. J. 141. Très-belle ép. Pièce rare.

210 **Schmutzer**. Portrait de Chr.-Guil.-Ern. Dietricy, peintre, d'ap. lui-même. Sup. ép., toute marge.

211 **Schuppen** (Van). Charles d'Anglure de Bourlemont, arch. de Toulouse. Sup. ép.

212 — Alexandre VII, pape, d'ap. Mignard. Sup. ép.

213 — Louis XIV, in-4, d'ap. Lefébure. Sup. ép.

214 **Schut** (P.-H.). Départ de Charles II, roi d'Angleterre, de la Hollande, en 1660. Belle pièce historique.

215 **Silvestre** (J.). Vues de Paris, Madrid, Saint-Cloud, etc. 8 p. Grandes marges.

216 **Sompel** (P.), d'ap. Soutman. Port. d'Albert Ier, fils de Rodolphe.

217 — Frédéric IV.

218 — Maximilien II, fils de Ferdinand Ier.

219 — Ferdinand II.

220 — Ferdinand III, fils de Ferdinand II.

221 **Stopendael**, d'ap. de Laer. Attaque par des brigands. Belle pièce.

222 **Suyderhoef** (J.), d'ap. Ostade. Le Coup de couteau.

223 — Fumeurs devant un cabaret. Sup. ép.

224 — Les Joueurs de tric-trac.

225 — Le Joueur de violon Jan de Mof.

226 — d'ap. Berghem. Paysage avec animaux.

227 **Thomassin**. Allégorie. Minerve soutenant le portrait de Louis XIV, protecteur des arts.

228 — Portrait de Jean Thierry, sculpteur de Lyon. Sup. ép., marge.

229 **Valck**. Marie, reine d'Angleterre, d'ap. Kneller.

230 **Velde** (A.-V. de). Le Berger et la Bergère. B. 17. Marge.

231 **Vermeulen** (J.-B.). Boyer d'Aiguille, d'ap. Rigaud. Sup. ép., grande marge.

232 **Visscher**. Vision d'Ézéchiel. Sup. ép. avant toutes lettres.

233 — d'ap. Laar. Attaque par des brigands. Très-belle ép., avant le nom. 19.

234 — Le Four à chaux. Très-belle ép. avant le nom. 20.

235 — d'ap. Wouwermans. Sujets de chevaux. 4 p.

236 — La Bohémienne. Très-belle ép. avant l'adr. de Clément de Jonghe.

237 **Vliet** (V.). Le Marchand de chansons. B. 15. Belle.

238 **Watteau** (d'ap.). Départ de garnison.

239 — Satyre regardant Diane endormie, gravé par Liotard. Pièce rare.

240 — La Marmotte, par Audran. Sup. ép. Marge.

241 — Le Teste à teste, par Audran. Sup. ép., gr. marg.

242 — Sous un habit, de Mezetin, par Thomassin.

243 — Du bel âge ou les jeux, etc., par Moyreau. Sup. ép., marge. (Quatre personnes chantant.)

244 — La Lorgneuse, par Scotin. Sup. ép., marge.

245 — Fêtes au dieu Pan, par Aubert. Très-belle ép., marge.

246 — Louis XIV mettant le cordon bleu au duc de Bourgogne, par Larmessin. Sup. ép., toute marge.

247 **Westerhout** (A.-V.). Vierge et Jésus, d'après C. Maratte.

248 **Wierix**, d'ap. M.-Ange. Le Jugement dernier.

249 **Wille** (J.-G.). Louis XV à cheval, d'ap. Parrocel. Belle ép.

250 — Les Délices maternelles, d'ap. son fils. Très-belle ép.

251 **Wildoek**, d'ap. C. Schut. Apparition de saint Nicolas à Constantin.

252 **Wouwermans** (d'ap.). Cavaliers qui boivent devant la cantine. 2 p. G. Valk, ex. N°ˢ 1 et 2.

DÉSIGNATION
DES DESSINS

1 **AARTMAN.** Cartouches d'ornements entourés de scènes des saisons de l'année, destinés à des almanachs. 2 p. Aux crayons noir et rouge.

2 **ANONYMES.** Ganymède. Baptême de Jésus, et sujet de bas-relief. 3 p.

3 — Français, charrette et chiens. Aquarelle.

4 — La Passion de Jésus-Christ, 12 petits sujets à la plume.

5 — Écoles italienne et française. 5 p.

6 **ASSELYN.** Vue d'un pont et fabrique en Italie. A l'encre de Chine.

7 **AVERKAMP.** Scène d'hiver avec pêcheur. Aquarelle.

8 — Marine avec chaloupe à voile. Aquarelle.

9 — Études de figures. Aquarelles. 2 p.

10 **BAKHUISEN.** Petite marine très-jolie avec barques et vaisseau à voiles. A l'encre.

11 **BARBIERS.** Vue de l'entrée d'un jardin. Intérieur de cour. Très-belle aquarelle.

12 — Beau paysage montagneux avec cascade. A l'encre rehaussée de couleur.

13 — Paysage avec pont et ancien monument. A l'aquarelle.

14 BAUDUIN (F.). 1735. Paysage avec fabrique. A la sanguine, capital.

15 BENDORP et Blaauw. Marines. 2 p. A l'encre.

16 BERGHEM (N.). Ane ruant. A la sanguine.

17 BLOEMAERT. Adoration des Bergers. A la plume et bistre.

18 — Assomption de la Vierge. A la plume, lavé.

19 — Syrènes attirant un nautonnier. Au bistre.

20 BLONDEL. Vues de ruines antiques de Rome. 4 p. Carrées au bistre.

21 — Ruines et fragments de monuments de riche architecture. 4 p. Ovales. Au bistre.

22 BLYK (F.-J.). Bateaux pêcheurs et barques. Aquarelle.

23 — Marine avec bateaux pêcheurs. Crayon et encre.

24 BOSCH (d'ap. Van Huysum). Paysages avec monuments d'architecture. 2 jolies aquarelles très-fines.

25 — Paysages avec troupeaux. A l'encre et au bistre. 2 p.

26 BOUCHER. Trois nymphes sur des nues. Très-beau dessin au trois crayons.

27 — Vénus et deux amours sur des nuages. A la sanguine.

28 BOURG (L.-F. du). 1743 (d'ap. l'Albane). La mort d'Abel et pendant. 2 beaux dessins à la sanguine.

29 BREENBERG. Paysage avec anciens bâtiments. Au bistre.

30 BRONKHORST. Vase chinois avec des fleurs. — Coquille. 2 aquarelles.

31 BUYS (C.) Scènes grivoises de buveurs dans le
goût d'Ostade. 2 p. à l'encre.

32 — Ruine de Brederode. Bistre.

33 — Intérieur. Dame et son enfant au berceau, la
servante dans le vestibule plein de soleil. Au
bistre.

34 — Paysage dans le goût de Ruysdael.

35 CANTARINI (S.). Mercure endormant Argus. A
la plume.

36 CATE (H. G.), 1828. Forêt avec troncs d'arbres.
Crayon noir et à l'encre.

37 CATS (J.). Beau paysage boisé, très-étendu, avec
pâtre, bestiaux, rivière. Lavé au bistre.

38 — Paysage avec champ de blé, berger, moutons, etc., pour pendant. Au bistre.

39 — Paysage avec champ de blé, troupeau. A l'encre
de Chine, très-fini.

40 CHRIST. Moulin à eau près Zutphen. A l'encre de
Chine.

41 COCK (J.-M.). Vue de Muiderberg. Aquarelle et
autre. 2 p.

42 COCLERS, d'ap. G. Dow. Intérieur de boutique
d'épicerie; la marchande pèse, une vieille la paye
et une jeune fille et un jeune garçon attendent.
Aquarelle capitale.

43 CRAAGVANGER. Homme qui verse de la bière.
Crayon noir.

44 CRAUWEL. Beau paysage avec rivière. Au bistre.

45 CRISPYN. Le jeune Frisius avec un grand chien,
inspiré de Goltzius. A la plume, fini.

46 DELFOS (d'ap. Rembrandt). Le porte drapeau. Superbe aquarelle.

47 DESFRICHES. Moulin à eau avec figures dans un bateau. Au crayon et encre.

48 DIETZ (J.-C.). Paysages avec chevaux. Figures. Crayon et encre. 2 p.

49 DOW (G.). Vieillard taillant sa plume. Au crayon, très-fini.

50 DRIELST (E. V.). Beau paysage en Drente plein de nature. A l'encre de Chine.

51 — Chemin de Exlo en Drente. Au crayon et encre.

52 DUPRÉ. Village avec figures, pont, etc. A l'encre.

53 FARGUE. D'après nature, 1757. Vue dans le bois de La Haye. Au bistre.

54 FREY (J. de), d'ap. F. Hals. Port. d'un seigneur. Crayon noir.

55 GLASHORST. Riche composition de différents fruits. Aquarelle capitale.

56 GLAUBER. Paysages arcadiens avec fabrique. Mausolés lavés. A l'encre de Chine. 2 p. Capitales.

57 GOLTZIUS. 1602. Deux nymphes debout dans un paysage. A été gravé par lui.

58 GOURÉE. Moïse sur le mont Sinaï. Belle composition très-capitale. A l'encre.

59 GRANDJEAN (J.). Fête à Bacchus. — Riche composition de bacchantes. Très-belle aquarelle.

60 — Académie d'homme. Au crayon noir.

61 GRAVE (J. de). 1675. Vues du camp près de Lembeeck. A l'encre de Chine. 4 p.

62 — Vues des camps de Lembeeck et Limael. 4 p.
A l'encre.

63 — Vues près de Nivelles. A l'encre. 4 p.

64. — Vues entre Bruxelles et Hal. A l'encre. 4 p.

65 GRAVE (J.-E.). Paysage capital près Kortenhœff.
A l'encre.

66 — 1789. Paysage, environs de Harlem. A l'encre.

67 GRIENT (C. de). 1777. Marines calmes avec vaisseaux à voiles. 2 p. A l'encre de Chine, très-finies.

68 GROENEWEGEN (G.). Vaisseau, chaloupe, etc.
Dans une marine calme. A l'encre.

69 — Marine capitale avec plusieurs vaisseaux, etc.
A l'encre.

70 GRYMPMOED. Paysage capital avec animaux chariot, etc. A l'encre de Chine.

71 HAAN (A. de). Vue près de Brevoort. Au bistre.

72 HAANEBRINK. La Laitière et pendant. 2 p. Au crayon.

73 — Bustes de figures. Au crayon et sanguine. 4 p.

74 HACCOU (J.-G.). Marines. Aquarelles. 2 p.

75 HANSEN (C.-L.) Paysage près Harlem avec la ruine du château de Cleef. A l'encre de Chine.

76 HENGSTENBURGH. Bouquet de fleurs. Superbe aquarelle.

77 — Perroquet, lori et perruche penette. Aquarelle.

78 — Pie sur une branche. Aquarelle.

79 HIMPEL. Paysage avec chaumières près d'une rivière, plein de nature. Aquarelle rare.

80 HOEDT (G.). Mariage d'Alexandre et Roxane. Belle aquarelle, riche composition.

81 — Le pendant, Alexandre et Ephestion consultant l'oracle. Belle aquarelle.

82 HOLBEIN (H.). Portrait de l'ancien Bourgmestre d'Amsterdam, Ab. Boom. Gouache miniature.

83 HORSTINK (d'ap. Wynants). Paysage d'une riche composition. Aquarelle très-capitale.

84 HUYSUM (J. V.). Riche composition de fleurs dans un vase posé sur une table de marbre avec nid d'oiseau. Superbe aquarelle très-capitale du cab. de Siks.

85 — Paysages montagneux avec de l'eau très-finis. A la sanguine. 2 p.

86 HULSEBOOM. Chaumière au bord de l'eau. Aquarelle.

87 — Chantier avec chaloupe en construction. Aquarelle.

88 JANSON (J.). Paysages avec animaux. Aquarelles très-finies. 2 p.

89 JORDANO. Le Jugement de Midas. Au bistre.

90 KOBEL (H.). Combat de vaisseaux près du bord de la mer ou des personnes se sauvent. Aquarelle finie.

91 — Vaisseau en pane et chaloupe. Belle aquarelle.

92 KOLLER (J.). Grande cascade en Suisse, canton d'Ury. Aquarelle très-capitale.

93 KONINCK (P.). Chaumières au bord de l'eau. 2 p. Bistre.

94 KONINGH (P.H.). Paysage à la plume dans le goût de Rembrandt, avec de l'eau. Bel effet.

95 KONINGH (L. de). Bords de la mer avec figures et vaisseaux. A l'encre de Chine.

96 LAMBERTS. Vue de Muiderberg. A l'encre de Chine.

97 LANGENDYK (D.). Bataille des Pyramides. A l'encre de Chine.

98 LANGENDYK (J.-A.). Homme qui va atteler son cheval à un fourgon. Aquarelle.

99 — 1816. Capitaines d'artillerie et infanterie avec dames. Aquarelle. 2 p.

100 — Officier et soldat achetant des bouquets. Aquarelles. 2 p.

101 — 1805. Trois femmes dont une marchande. Aquarelle.

102 — 1809. Prieur de morts et marchand de poissons. Aquarelle.

103 — Costumes de Cosaques. Aquarelles. 2 p.

104 — 1800. Soldats montant une tente. Aquarelle.

105 LAUWERS (J.) (d'ap. Dubbels). Village près de l'eau. Bel effet d'hiver.

106 LEONI (Ottavio). Son portrait. Crayon noir.

107 LE PRINCE et Blondel. Jolis paysages à la sépia. 2 p.

108 LIENDER (P.). Anciens monuments avec figures. 2 jolies aquarelles très-fines.

109 LIEVENS (J.). Paysage avec animaux, dans le goût de Claude. Au bistre.

110 LOO (P. Van). Village et château de Waardenberg. Aquarelle.

111 MAAS (D.). Scènes militaires. 2 aquarelles.

112 MARCEUS. Fleurs d'haricot violet et papillon. Aquarelle.

113 MARGUS, 1803. Académie de femme. A la sanguine.

114 — Figure académique d'homme. A la sanguine.

115 MEER (J. V. d.). Paysage avec troupeau de moutons. A l'encre de Chine.

116 — Effet d'hiver pour pendant. Aquarelle.

117 — Troupeau de brebis dans la campagne. Aquarelles. 2 p.

118 MERIAN (S.). Bouquet d'africanus. Aquarelle.

119 — Plante avec papillon, coloriée.

120 — Couronne impériale et autres. 2 aquarelles.

121 MEULEMANS. Amateurs et dame regardant des dessins. Sup. effet de lumière. Belle aquarelle.

122 MEYER (Ch.). Marchande de poissons et chaland. Aquarelle très-finie.

123 MEYER (H.). L'Été et l'Hiver. 2 charmants petits paysages. En bistre.

124 MIÉRIS. Vénus et l'Amour. Au crayon, très-fin, sur vélin.

125 MILATZ (F.-A.). Paysage aux environs de Harlem. A l'encre de Chine.

126 — Paysage capital, environs de Harlem, avec animaux. A l'encre.

127 — Pendant. Paysage. Riche composition avec chaumière. A l'encre.

128 MILDER (G.). Paysages de grande étendue aux bords du Rhin. Riches compositions très-finies. A l'encre de Chine. 2 p.

129 MOREELSE (P.). Jésus-Christ et ses disciples à Émaüs. Au crayon noir, sur papier bleu.

130 **MORGENSTERN.** Chef-d'œuvre d'architecture de l'intérieur de Saint-Pierre de Rome. A l'encre.

131 **MOUCHERON (J.).** Grand bassin avec escalier et fontaine; le seigneur prêt à monter à cheval dans son parc. Aquarelle capitale.

132 — Pavillon au milieu d'un grand bassin dans un jardin. Aquarelle capitale.

133 — Paysage dans le goût du Poussin, avec cascatelle, troupeau, etc. Très-belle aquarelle.

134 — Terrasse de palais avec fontaine, statues, etc. Riche architecture. Aquarelle.

135 **MUNTZ.** Château dans un paysage. Belle aquarelle.

136 — Très-petits paysages. Aquarelles très-finies. 2 p.

137 **NETSCHER (C.).** Page apportant à rafraîchir à une dame dont la chambrière attache la robe de satin. Au crayon noir très-fini.

138 **NEYTS (G.).** Vues de villages. A la plume, très-finies.

139 **NUMAN (H.).** Paysages avec rivière, ruines et animaux. Lavés au bistre. 2 p.

140 — Paysage avec ruines, chariot, animaux. Aquarelle.

141 **NYMEGEN (G.).** Paysage sablonneux, d'après Wynantz. Aquarelle.

142 — Groupe d'enfants ornant de fleurs un monument. Titre de livre de dessins. Crayon noir sur papier bleu.

143 **OBERMAN (A.).** Académie de femme. Au crayon noir.

144 OS (P. G. v.). Bœuf broutant. A la sanguine.

145 OSTADE. Buveurs causant avec une femme. Scène d'intérieur. 5 figures. Sup. aquarelle du cab. Hoffmann.

146 — Paysans assis près de tables. 2 p. Aquarelles.

147 — Scène d'intérieur. Composition d'environ dix figures. A la plume et encre.

148 — Intérieur avec six figures de buveurs. A la plume et à l'encre.

149 OZANE. Paysage avec ruines. En bistre.

150 PAON (Le). Combat de cavalerie. Bistre.

151 PELGROM. Procession dans une église. Aquarelle.

152 POTHOVEN (d'ap. V. de Velde). Paysage. Marine avec bestiaux. Belle aquarelle du cab. Ploos Van Amstel.

153 PRONCK (C.). Vue du château Spyk. Au bistre.

154 — L'église d'Alkmar — et Opperdois. 2 p.

155 PRUYSENAAR (R.-M.). Musicien assis accordant son violon. Belle aquarelle.

156 PYNACKER. Paysage capital éclatant de soleil. A l'encre de Chine.

157 QUAST. Cavalier et dame qui joue de la guitare. Au crayon sur vélin. 1639.

158 RADEMAKER. Vue dans la ville de Grave, 1676. Aquarelle.

159 — Vue de la grande église et marché de Harlem. Sup. aquarelle, d'ap. V. der Heyden.

160 RAVENSWAAG (J. W.). Vue près de Drachenfels. Au bistre et à l'encre.

161 REMBRANDT. Composition de cinq figures dans un intérieur. A la plume.

162 — Sujet de la Bible, Marthe et Marie. 2 p. A la plume et au bistre.

163 RUBENS. Vénus est déshabillée par des Amours. Fragment d'une composition de Mars et Vénus. Au crayon noir.

164 — Sujets religieux, études. 4 p.

165 RUYSDAEL (J.). Marine très-étendue avec barques. Sup. aquarelle. Rare.

166 — Chaumières près de l'eau. Au crayon et encre.

167 RYCKAERTS (D.). Cuisinière dormant près de ses ustensiles. Aquarelle. Rare.

168 RYK (J. de). Paysage capital éclatant de soleil. A l'encre de Chine.

169 SAANREDAM (J.), 1632. Architecture de la nef d'une église, Croquis aquarelle.

170 SADELER, 1616. Caspar Awarnsdorff. Très-beau portrait. A l'encre de Chine.

171 SAFET. Académie de femme assise. Crayon noir, très-fini.

172 SALVIATI. Études de tête d'homme et jambes de femme. Très-belle sanguine.

173 SARTE (A. del). Deux Amourets voltigeant et autre. 2 p.

174 SCHELFHOUT (A.). Vue du bord de Scheveningue, avec des barques de pêcheurs. Au bistre.

175 SCHOUMAN (A.), (d'ap. V. der Does. Paysage montagneux avec chasse au cerf. Aquarelle.

176 — Coq faisan blanc. Aquarelle.

177 — Oie rieuse. Très-belle aquarelle.

178 — Papaver, pavot double, rouge. Aquarelle.

179 SCHOUMAN (M.). Mer agitée avec vaisseaux et
canot à voiles. Magnifique aquarelle.

180 — d'ap. V. de Velde. Marine calme avec vaisseau,
chaloupes, bateau pêcheur. Aquarelle.

181 SCHWINKHARDT. Deux cochons couchés devant
leur étable. Crayon noir.

182 SMAK GREGOOR. Paysage avec de l'eau, bestiaux. A l'encre.

183 SNEYDERS (F.). Sanglier courant. Crayon noir
et lavé. Pièce capitale.

184 SOCKERES ou Bargas. Foire devant une auberge,
avec grand nombre de figures, cavaliers, etc. A
l'encre de Chine.

185 — Marché devant une hôtellerie, avec grand
nombre de figures. A l'encre.

186 SPRANGER. Méléagre et Atalante. Aquarelle.

187 STRY (Van). Paysage montagneux avec figures
près de l'eau. A la plume, lavé.

188 — Tête de jeune garçon riant, grandeur naturelle.
Vigoureuse aquarelle.

189 SUEUR (Le). Figure drapée debout. Au crayon
noir, capitale.

190 SWANEVELDT. Paysage capital. A l'encre de
Chine.

191 TEMPESTA. Bataille de cavaliers romains. A la
plume, lavé.

192 TENIERS (D.). Trois figures. A la sanguine.

193 — Tabagie flamande. Crayon rouge.

194 — Troupeau de moutons. A la sanguine.

195 — Étude de paysages. Au crayon noir.

196 THIER (B.-H.). Paysage avec bestiaux sur un pont. A l'encre de Chine.

197 TOPFER (J.-A.). Paysage avec la ruine de Bredero. A l'encre.

198 TRIE (Du). Paysage spirituel. A l'encre.

199 TROOST. Le Cerf-Volant. Aquarelle.

200 VELDE (Ad. V. de). La Famille et son troupeau passant le gué. Lavé.

201 — Levrier couché dormant. Crayon noir.

202 VERBOOM. 1652. Paysage montagneux. Crayon noir.

203 VERSCHURING. Place publique en Italie avec fontaine, marché, chevaux, etc. A l'encre.

204 VINKELES (J.). Nègre tenant le cheval d'une dame au moment du départ pour la chasse avec son cavalier. Aquarelle.

205 — Écuyer tenant le cheval d'une dame au moment du départ avec son cavalier, costumes de 1803. Aquarelle.

206 — Explosion de vaisseaux et autres que l'on radoube. 2 p. Aquarelles.

207 VINKELES (R.). Vignette, Zenothémis. Aquarelle.

208 — D'ap. V. d. Heyden. Château, fontaine. Au bistre.

209 VISSCHER (C.-J.). Vue de ville au fond d'un paysage. Aquarelle rare.

210 VISSCHER (J.). Magistrat assis devant une table. Crayon noir.

211 — Portrait de dame de distinction. Crayon noir sur vélin.

212 VITERINGA (W.). Marine calme et agitée, avec
beaucoup de vaisseaux. 2 aquarelles finies.

213 — Marine calme avec riche composition. A l'encre
de Chine.

214 VLIEGER (S. de). Paysage capital avec cerf. Au
crayon et à l'encre.

215 WATERLO (A.). Paysages. Très-rares en aquarelles. 2 p.

216 WELL (Van). Vue d'hiver avec patineurs. A l'encre
de Chine. Très-beau.

217 WENINX le vieux. Paysage avec fabriques. Sanguine.

218 WIERTZ (H.). Beau paysage avec chaumière. A
l'encre de Chine.

219 WITT (J. de). Cinq enfants nus avec les attributs
de la marine. Belle aquarelle.

220 WITHOOS (A.). Granicum. — Passiflora. 2 aquarelles.

221 WOLFF (d'ap. Vander Werff). Dame assise près
d'une table. Aquarelle très-finie.

222 — Homme tenant un verre et une médaille,
semble dire l'or et le vin. Aquarelle très-finie.

223 WYK. Intérieur de cour. Aquarelle vigoureuse.

224 ZUCCHARO (F.). Mariage de la Vierge. Beau
dessin capital. Au bistre.

GOUACHES

225 **Agricola.** Paysage avec de grandes figures, des plus beaux du maître, sur vélin.

226 — Paysage au clair de lune d'un très-bel effet, sur vélin.

227 — Bouquet de fleurs, sur vélin.

228 — Petit Perroquet à tête noire, très-fine, sur vélin.

229 **Barbiers** (P.). La Maîtresse d'école qui montre à lire à deux enfants, sur vélin.

230 — La dévideuse et le garçon qui verse le café, sur vélin.

231 **Ballem** (Van). Paysage étendu avec ville, et bordé par des montagnes; très-belle.

232 **Buys**, d'ap. Vander Heyden, village près de l'eau, belle gouache très-fine du Cab. de Ploos Van Amstel.

233 **Chalon** (L.). 1739. Paysages de vaste étendue avec bacs, animaux, figures, etc.; très-fines. 2 p.

234 — Vue des bords du Rhin avec bateaux chargés de marchandises; très-bel effet, riche composition sur vélin.

235 — Vues des Montagnes, bords du Rhin, bateaux, fabriques; très-beau d'effet, sur vélin.

236 **Crauwel.** Joli paysage, Forêt; très-fini.

237 — Paysage montagneux très-éclairé.

238 **Dutens** (D.). Paysage capital avec des animaux.

239 — Paysage aux bords du Rhin avec animaux, plantes, fontaine, etc.; très-capital.

240 **Dietz** (J. C.). Effet d'hiver, paysage de vaste étendue, sur vélin.

241 — Paysage capital avec voyageur à cheval, chariot, superbe, sur vélin.

242 — Paysage avec champ de blé que l'on moissonne, village, chariot, etc. Superbe, sur vélin.

243 **Lunn** (V. der.). Paysage avec chaumière, pont, voyageur à cheval, barque que l'on décharge et charrette que l'on charge de gerbes de blé. Très-fini et capital.

244 **Rademaker** (A.). Vues aux bords du Rhin avec château, barque, pont, village, etc. ; 2 p. très-finies.

245 **Rauschener.** Joli paysage montagneux avec ruines ; très-fini.

246 — Paysage montagneux avec chaumières aux bords du Rhin ; très-fini.

247 — Ruine antique et bestiaux ; très-fini.

248 — Paysage avec vue de ville dans l'éloignement ; très-fini.

249 **Rottenhamer.** 1591. Sainte famille avec St Jean dans un paysage ; ravissante petite p. sur vélin.

250 **Dessin indien.** Quatre femmes viennent consulter un vieux religieux anachorète ; dessin d'une grande finesse d'exécution.

Renou et Maulde, Imprimeurs de la Compagnie des Commissaires-Priseurs, rue de Rivoli, 144.   5651